U0455687

红枫树下

诗歌集／萧纬 著

序 言

　　我们用语言交流，以情感交往，用诗做什么呢？什么都不做，诗只为诗。

　　其实，来到这个世界，人人都是诗人，生命的存在本已诗意十足，加之生命的律动、生命的形态，呈现给这个世界的，不都是一首首生命之诗吗？所以人人即诗人。不过以文字成诗的，被唤作诗人而已，其与工人，农人，武人无别，称谓而已。"不而已"的是，诗人以发现的眼光看待并寻觅一切，诗人是长不大的，诗人可以幼稚，可以被允许永远少年。

　　正因为诗人有一双时时发掘新鲜的眼睛，所以"诗是生活在场的证明"，法国当代艺术评论家伊夫·博纳富瓦认真地说。因为他认定诗是"声音中的另一种语言"。童年时，我因看了妈妈写写画画的笔记本而萌生的那种朦胧感，至此才明白，原来是开始了这样一个认定。原来，诗是替语言说话的另一种语言。这样的一种语言，可以提炼出心底涌动的、无法按捺的、对这个世界必须的一种表述。所以，那个朦胧而不自觉的感触，逐渐被证实为生命中无与伦比的美好，使我日益感知到了诗歌的存在、诗歌的美、诗歌的膨胀、诗歌的呈现。

更是诗歌让我懂得了生活中的另一层意思，亦如音乐一样时时拨动着不安分的灵魂。那些意思，让我时而激动，时而感慨。继而又让悲愤、怜悯、欢愉、兴奋都在不断加深，不断延展，让整个精神世界丰富丰满起来，让每一寸光阴都有了该有的意义，让生命存在的每一天努力还原本真。懂得许多意思的时候，懂得了更多的生活；懂得了更多生活时，开始理解了自己。还有什么比这些更重要，还有什么比这些更真实，此生，我足矣。

诗意地活在这个世界上，做一个简单的人，无畏而自我，从而安然。当我明白诗意地活着比完成诗句更重要时，我坦然了。不为什么写诗，只为诗写诗，只为情感而情感，为存在而存在。所以，希望我亲爱的朋友们谅解我那些不顺滑的诗句，无论怎样，它们都是我的真心相与，是我对生命及生活敏感的触觉，是生活馈我而我不能真切返还的羞愧。但当所有这些能如此得以安放，我深幸深慰。

最后，还请允许，允许诗人如画家一样，可以拥有一片印象田园，并为之倾爱耕耘。为此，我会欣喜不止。

谨此，在第三本诗集《红枫树下》出版之际，我深深感谢一直以来陪伴我激励我的童年伙伴、战友、同学、朋友及陌生的知音们，深深感谢北京燕山出版社有限公司的编辑老师们，深深感谢所有帮助我的人。

我将一如既往地努力在纸笔间。

萧纬

2023 年 3 月 10 日

目 录

序 言

一辑 红枫树下

二辑 **新思绪**

第一辑

红枫树下

红枫树下

没有一片无憾
而没有一片不在燃烧
以火的形式诀别这个世界
让秋打印滚烫的记忆
举向蓝空的支支火炬
聚焦了双双动情的眼
这枫阵
向东，让初霞抹一袭傲色
向西，让暮阳贴一段诗句
秋光起了火
燃尽时，流年警醒
刹那间世界在吼，看啊！
又一天，一年，一世纪

枫下
读你正是时候
基因选择以红为终
你认了

另一个由风命定的理由

你也认

所以，我拾到的落叶半红半紫

半黄半青

一如，真理的不完整

让时间抢先裁剪定型

我认真拾起这片混情的叶子

试图去懂这斑斑颊迹

不完美的世界经常讲完美的悲凉

我听，我正听

听这风雨间逆转的启程

及后来的系列……及续……及终

因为我信

悲凉会燃出一种静美

及轮回的再度……及欢……及盛

2022-11-15

默看

我仍坐在睡着了的时间旁，过往
陪着我和窗外与风同路的雨滴
我不想躲避冷寂
只想探明那些挨过的时分
是怎样
又回到原地

春祈

你来我就来

那天一定静如处子

晨，已柔水洗白

你的暖怀就这样敞开

我已不在梦中迟疑

凌乱的脚步是那样的迫不及待

板滞的心绪已泛出新色

我匆匆写好别冬告白

再，一字字向二月默念

你来我就来

一种模样

如一张白纸样地静止着

一切未曾开始也不必宣布消亡

又多像，多像一出永不上演的戏剧

舞台没了主张

写出来的一样苍白

演出来的一样荒唐

更有，我猜不透你来去的背包

是装满富足而准备倾囊，还是

满装苟且而全力退场

秋风冬雨交接时

我似乎辨识出爱的一种

行走模样

2021-12-11

时间

我听到了时间的声音，
伏上心跳，
一点点悦，一点点痛，
一点点凝固，一点点灵动。

隐约的回声，
从那个不知起点的遥远，
传放天地间的曾经，
现代耳朵在听……在听。

混杂的脉络，
以那些无法厘清的缠绕，
交代时空的纵横，
焦虑耳鼓轰鸣……轰鸣。

天色渐幽时，
盲眼渐恐。
乱了那些，预设从容，
刚刚听到的时间已随风。

演奏

这样怪异的调式只出现在刻意的指下

黑键结束才轮到白键群舞

可日子真是这样接续的

天空的黑白轮番上演

想必那黑是黑白是白的演奏是仿了天

但很难听懂较了劲的组曲

这一生，谁没几个自己的高低音

成妙曲还真的不能靠抄分谱

醉于三月

最后一程雪花
与春争俏
为难了三月
只有一时作酩酊

此刻，冷静生动
漫天飘舞的雪花
追着远去的冬影
彼此，动了真情
柳，如梦方醒

也惜也恋的风
只能低调，雨也只能朦胧
却又总在这样的时候
雨雪润曲悄然落怀
无酒，却
醉于三月

2022-3-28

天空蓝

我含着泪花景仰这

如此如此的湛蓝

深深地由衷感叹

你以承受一场极端劫难

与昨天那场

狂风　暴雨　阴霾　雷电

做了痛苦交易

以你清澈美丽的脸

我再无理由

把赞美词扬洒得随意简单

但我确信

无论多少时间多少轮回

你湛蓝的位置

永远在至高无上之顶

因为

这个殊誉叫天空蓝

阳光

你在我的世界走过
拖着一条金子般的线索，从此
我有了朝晖的长调
晨曲，在五色中浓缩

暖了的旋律不再加速
花梦一夜汇成河
同约好的这日，以缤纷染指春
那汩汩的馨浪已成歌
我依偎在龙钟的丁香树下
等待风，把开成五瓣的花朵吹散
再浓郁一遍
那些幸福传说

最后
让夕照为饱满的心
送上更耀眼的光
也为下一个黎明
准备生活

那时

那时，风正做耳语

花未醒，叶未绿

春已有了消息

远远地……

沿着萌动的方向游移

这是一块刚刚溢出脂香的幼土

婴儿般的梦已有了种子记忆

缤纷不再沉默

花信风来自一夜润雨

一种律动

一株一株的闭合

散板的节奏

正无声拨动黄昏

又到了

餐露凝香的花儿们

悄悄含羞时刻

那隐在暮云里的脚步

怎能

轻易起落

日程表

什么空隙还能安插进悲伤

这仅有的时限里

我们要从哺乳中迅速爬起来

要在无忌之言中伺机成长

要在风花雪月中切换风光

要在夕阳西斜中寻些补偿

这就够了

怎还再捡拾一些虐心残余

哀悼本该丢掉的苦短痛长

真是差一点就忘记

熄灯前

清除一切自取或降临的

烦恼　忧愁　迷茫

真相

风起云涌的真相
雨以痛哭的形式正告天下
但没人听懂

2021-11-16

音乐

我只想就此紧随你

竭力接近心灵的最终秘密

可你却消失在光的尽头

我无依无语

静空生出了耳朵

捕捉灵魂的脚步

沿着莫测的阶梯

走进梦幻……

终于，听到了你

听到了这个世界的节律

听到了自己

……

无论听到了什么

此时，已抵御死寂中的恐惧

心安

笔饱饮了夜

一点点地对纸倾吐

几近枯竭时

梦就写完了

让拂晓读一遍

让醒来的你读一遍

如此　都已心安

回味

诚实的夏天用尽心思花了这个世界

却愧疚青涩的果子才一点点酸

流萤的夜是那样的短

微风正搜集四处滋生的甜

花开花落是晨曲暮歌

香息香生已成不断流的河

这悄然而热烈的日子

不想去成熟也不期待结果

可那日一定坠地

疯狂的甜浪

将熄尽

疯狂的缤纷欲火

念弟弟

裁剪掉的一块悲伤

又贴在已麻木的疤处

再一次的疼痛

渗透你离去又留下的早上

你的迟到早退

让我永远不懂这

来去顺序紊乱的世生

绵羊，多想再这样嘲弄着你

重温那些吵闹时光

只是你不肯再给我机会

让我享受拥有弟弟的欢爽

写在弟弟离去 12 周年的日子

2021-11-18

是否

剪掉的悲伤

像壁虎断尾

接续，再生

夏已深入

断痕已如此漂亮

不知壁虎是否也会

因一袭秋凉

尾随黄昏末梢

惹一个痛点　又

开始膨胀

何须

如若，云散为云聚，
花落为花开，
你去可曾为了来？
任春在不在。

如若，悠歌响透山野，
长路向天外，
新晨何以索衷怀？
任秋在不在。

夜，长了又短，
短了又长，
何须亮了又寻，
暗了又猜。

疯子与哲人

一个是说着睡，

一个是睡着说。

夜是一样的深沉，

一个白说了，

一个说白了。

但天，真的会亮。

2021-11-14

月光咖啡

落满月光的咖啡

我的留杯

昨日的风吹得太紧

除了满满的苦还有莫测的味

化不开的那缕游丝

一直浮在面层做那琼洁之朵

都忙着在生活上拉花

又如何不认真

寂夜定格的这一刻

看透杯中唯美

色形味艺术

尝没尝过都知这杯中之最

暖的预期

太阳给予的一切

整个大地都在见证

我也想证明一份

来自你的给予

见证一份深切感受的

温暖温柔

我会让这些富足开成花

让芬芳把新的四季浸透

我不再远去

尽管那是个灯火通

明笙歌不休的港口

我不再启步

尽管这是个风未唱晓

草未方醒的荒州

就在这处女地驻足吧

与春在这里结伴停留

几醒几梦

路灯剪开一段黑夜
把我的脚步聚集在光中
我并无悲情
尽管踩着一片生动的恍惚
让过往把我丢在这里殉情
如果，只为寻找光明
那为什么要背离太阳
而依恋这时限闪灭的路灯

灯下，几醒
灯外，几梦

2022-9-12

晴转多云

蜻蜓用翅膀测出阴晴分量

阳光举目以探

我只能忐忑揣测

那乌云来去的缘由

多年以前不习惯看天

更不懂各色的脸

只能负担愁云的

浓浓淡淡

几场云舒云卷

花有花红草有草欢

我也不再懵懂，原来

晴转多云，不是天空的偶然

2022-6-1

收藏

这是个收藏的季候
比如，封好的酒
酿好的蜜，还有
麦子和等熟又冷却的心

不是每一次收获都必须金黄
不是每一种摧毁都黯然神伤
如水的月光洗亮迟早的清晨
我的暖光在路上

启程的前奏是鹰的翅膀
山峰前面永远有山峰
潮汐前面永远是潮汐
远方，永远在远方

这是个收藏的季候
而我从不
也永远留不住
这样的日常

最终时刻

我以最浓烈的热忱
辛勤在我的牧场

从每粒种开始汲取希望
我是牧人也是羔羊

我把梦切成四季
以动脉的血与它们一起流放

终是得以你的到来
在这个喜出望外的早上

可你却是猎人
紧紧拥抱你时也紧拥了猎枪

别与期

坐在秋的陈迹

沉湎远去的熟稔

一朵下一次花开，在石下

以梦的形式

幻化根茎叶的结构

冬，施以重压也做推手

让不久后的美丽

静静地向自己的未来

一息息地成熟

2021-11-29

一幅画面

很多放不进记忆的晴朗时分

不是天空的错

而是爱的画面

永远来自一份深沉

或许正是多出的那几笔

让风雨有了美丽的起因

今日天空表情丰富

此时此刻

你等你的人

我看我的云

二辑

新 思 绪

新思绪

合上的即使匆忙

也不再翻找

打开的即便陌生

也须提笔细标

都是光阴故事

无论剧情在何时掀起高潮

落幕前的每一笔都要让这出戏

完好更完好

2022-1-1

变脸

还是那堆破碎的砖

不扎眼却说不清方圆

新棱角可能是刚刚碰出来的

窝眼或许是几经磨难

我以昨天的眼神抛去睥睨

碰了壁才知道这里已无从前

那残墙流光水滑满是现代精涂

木星火星都找了代言

估计我几辈子都看不懂

可我知道

站在内里的那些，仍旧是

此前千百年的人

都很熟悉的脸

夜与昼

你涂下两道印记

一笔白昼

一笔黑夜

可我偏偏逢着那悄然的交接

不是雨就是雪

湿透的目光担不起突如的跨界

你的黑白已在我恍惚中倾斜

宁愿

阳光抚一遍
月光吻一遍
你的繁花把我的岁月铺满
在我久久的五月花园

所有的痴语都不再敲门
所有的情话都去守护花魂
馨香何止是漂浮的旋律
泥土已散发七色烂漫

如果
如果这是个不醒的梦
那就收去我的白昼吧
我宁愿纵欲夜来香

好了

一段长长的思念

一段上好的丝绸

凄楚僵硬的指抚了很久

直至麻木生茧

用忘却做了释然剂

一生计较的来龙去脉

都在瞬间化去

所有的留恋已冰裂

时光海上碎片漂流

人总在这时才看明白那些

细碎的生活片段

自主

真希望　天上的水
只以雨的形式
一次倾完

我可以永久收伞
也收起打湿的预见
且再无抱怨

从此
一路张扬狂放
随意徜徉干爽时间

鱼在

鱼儿在，在呢

在每一次呼中

自由地吐出深心的堆积

也在每一次吸间

畅快地纳入纵情的惬意

分秒都在更新快乐

时光做好完美记忆

通透的欢悦交织在通透的往来

我愿是与你共舞的那条

我知道你已久候

我呵

我会欣然向你游去

……

友聚三时生活 鱼在馆

2022-1-11

收

又是一秋

忘记了获是这一季的主流

扔不掉的热望

依然在膨胀中寻觅

晨曲，还是

春风依旧

只是，灰色地带

那几滴冷雨匆匆

熟果含愁

糗了的香甜，又是一种

怎样的落寞

秋在

何收

变现

你以最残忍的方式完美我最近一次留恋

我以最抗拒的形态阻止你最远一项思念

疼痛的泪珠滋养了匆匆红火的木棉

天空的图画腾起了熊熊燃烧的火焰

谁的 12 月都不会多出侥幸的一天

我把最近最远最红最烈的都交给更年瞬间

更像梦的梦

放下了许多许多放不下之后

放不下终如此如此地放下

无论数多或数少了明灭的星

夜空依然是繁华夜空

你不在梦里时

梦更像梦

心动

正是无忧亦无欲

才能听见尘世杂音在净土中化去

渺远的记忆更远时

忐忑的灵魂蒲公英样地落絮

终可向不再眨眼的星

默默静吐真言

当湿漉漉的思绪回到清晨

滚烫的旭日已染红久违的泪滴

正宗表情

我丢失了一个像样的昨日
天边飘去一朵无可复制的云

雨滴正穿越一重重冷暖
不久将润香春潮里的花

我扔掉了所有的伞
重新整理好阴晴路线

当我认真骄傲我的新表情时
你却说生活正宗的表情是微笑得平淡

视线

一个急促的八月

终以一场突袭的暴雨作别

屋的眼睛已模糊

如注的冲刷让每扇窗都在悲切

可这并不是故事的起始

下一个镜头以暴来暴走作序

阳光突袭了这湿透的世界

之后的酷燥，做了

这一季的终结

我只有不停扩容眼眸视觉

任干湿，任骤变

任完整与不完整的角度

看世间演绎正反反正的方方面面

等

我在等风也在等雨

只为一个丢失

在焦躁干涸的挣扎里

活来死去

缘·愿

我不能看到每一片雪花独舞

却懂这美丽的飞旋

每一场雪舞，都是

天地挚爱的流转

那一颗颗完结了喜忧的心

向暮野，向城域

向寒，向暖

向每一份博赏

纷纷投下衷愿

待化情为水后

又为一粒麦，一片叶

哪怕一棵卑草

润生注缘

燃烧

冷却的眼睛

看得更明白

这火为什么如此

如此轰轰烈烈

自你不留神点燃而中烧

这一生总要放火的

爱是易燃品但不必小心

一场通天爆燃后

心域上复活的劲草

又生出画幅里装不完的辽阔

过去了的

又是夏夜

托在掌心的丁香

依然全部是代表幸福的五瓣

记得初得时的笑容

与这娇小的花容一样舒展

几次横扫的风霜后

我再找不到馨香浸透的语言

在这同色的月光下

静静与你

再深刻对话一遍

2022-1-24

春色

终是打开了绿的神秘
黄抵着青，青御着黄
抵御着抵御不起的抵御
不得已着不得的不得已

风揉醒结了怨的枯寂
雨和解冰了心的荒域
当暖流融好了各色争端
春在脱衣

什么是时间

我用了很多时间
终没懂得什么是时间
连同这名字的来源　和
早已被固执定型的长短

我可以清醒确认
你已离开很久距我很远
因为记忆已冷却如冰
我认定这个固体叫时间

怎样预测

静静地向未来成长

不以此刻的方寸

而要向着蓝天上的蓝天

阳光后的阳光

向着深根泥土基底的泥土

水浆下的水浆

不知生成的肌理

不知明天的模样

而谁又能测算出风的动因

安排好雨的能量

让一片森林或一片熟野

做一个起始稚嫩的演讲

懂得

就用这片寂寞

种几株芍药吧

嫩嫩的娇粉绽成花

四月没错过

就用这片寂寞

挑逗几寸月光

裁一段楚楚皎影

成一曲夏夜短歌

就用这片寂寞

逢一树憔悴

淡看秋风萧瑟

与落叶飞舞漂泊

就用这片寂寞

抒笔思绪起落

帆与浪抵达了同一彼岸

只因深深懂得

录梦

你不曾是你

我不曾是我

你或是一支绿榄

我或是一支墨梅

在天涯　在海角

抑或又是一处檐下墙边

天不曾是天

地不曾是地

天或是一腔强呼

地或是一腔深吸

以一瞬　以千年

铿锵吐纳出爱的深渊

昨夜一梦

醒晨用笔旋转起一张

薄薄的纸笺

风，却把这一晨吹得很远

收获思索

那时我们对收获很随便，

满眼看不透稔熟。

懂得了收获惊起了憾，

为那些随意放掉的手边拥有。

秋，一次次来了，

又一次次走。

追上追不上都是一次次的

无法挽留。

你和你

烦恼独立时

欢喜也正在独立

没什么要纠结，也没什么

需要妥协统一

最清爽的，就是

秉持原意的你和

你那个自己

尽可能地做了些 不尽可能的事

思念做了诗眼

幽怨卡在衬句里呜咽

思来念去的万千不同

都没超出那个死结盘起的点

愤怒伸出了手臂　似乎

很不合时宜

讨伐在背后怂恿

更是一种稚见

到底让什么发生在了入冬前

海棠，没有等到窗里的眷恋

风，悔憾它撕碎的所有了吗

默然间

冻裂的伤痕已长出春天

尽管昨夜

尽可能地做了些不尽可能的事

如此，让这个世界

有了一个缩小版

你摊开悲喜展出疼痛给人看

那曾是一个怎样的血本无归

空山的回声很响

但只要植上林

鸟儿的歌谣将覆盖从前　或

从前的从前

2022-8-31

错时

一个夏天足够我成长

何以秋愁

可我偏偏生一番心忧

正像那颗错过灌浆　而

难以饱满，难以成色的拙果

失却了群欢稔熟　或

更像个卑微的欺名贼在盗秋

辜负了那些亮丽时分

错失了那漫长的足够

这算不算一个

像样的心忧

入夜时分

大海睡了

沉寂的梦让这个世界

一起沉寂

凝固的月光

在升 C 小调上倾诉

贝多芬的标准水印　在谱上

谢绝了一切描摹

琴键柔软的忧郁

覆盖了华丽浮躁的今夜

海正默读月光心语

还有什么寂静幽微过这组合

还有什么喧啸超乎这一刻

都别为难自己了

请欣赏

无痕的此刻 ......

2022－6－28

自寻

夏风漂染的花已郁浓
醉梦的画板仍未醒
悄悄浮起了薄冬才有的
泪的晶莹

每一笔小心都在手
可这世界却没有着落空隙
模糊的思绪
无法完成一个追索

我把那滴浅淡的晶莹拓延
扩充出一个新背景
再加上一些同期声
哦，看上去已与画板外联盟

时光雕

速度与力度成正比时
空中闪烁出一尊时光雕

血肉肢体迅速组合
灵魂艺术做了身躯主导

身与心扭结出的线条
勾勒出动与静的奇妙

我却突然想起姑娘们的每寸伤痛
那雪板正是不肯放过的残酷之刀

可她宁让这冷锋削剥无数
也绝不错失热爱的怀抱

我只能透过蒙泪的视线
深祈雪板下是永安的神话赛道

（观北京冬奥会女子滑雪大跳台夺冠决赛有感）

2022-2-9

香雪夜

都说腊梅下是一片香雪，
在这料峭的早春二月，
一场纷飞后的幽处，
缕缕暗香轻掠。

低调的细香中，
正是那不曾品鉴的独绝。
错失了这款韵味，
只因我没来过这夜。

2022-2-14

桃红

桃花雨浸淋这天

已学会擦干

曾湿透的心隅早已脱险

那场风暴

也早已息止桃花涧

可躲了二月躲不去三月

那千年未褪的桃红

为何依旧

易染人面

热唱

清风认真翻动词曲

仔细辨认时间墨迹

晓风残月已疲倦了杨柳岸

犹唱已飞落大西洋那边的那边

风骚原韵

仍唐仍宋仍字正腔圆

只是红墙青瓦下

荡起了阵阵 rap

这潮歌热浪正酣

谁唱谁的啊

东西舞台在晚风中交换

三辑

感觉

感觉

风拂感静美

时安品悠然

我静止在时间凝固的这里

偷窥了一个时空转换

喧嚣的一切仍在继续

动与静中我淘得真理留言

风拂感静美

时安品悠然

2022-1-27

意念

这把圣洁之花

送谁都会饱足美中美

何况是这醒梦二月的

一场撩欲逐情的大雪纷飞

我真想

真想劫持这场悸动

让已淡漠索然的昨日

重新懂你一回

趁那春旋风席卷之前

让所有的热情回归

启

钟一样地毫不犹豫

震落刚刚结束的那一刻

你哀婉过丢失

但在重寻的路上捡拾了更多

你悲悯过疏漏

但在霞光浴中选好了新泽

暖风款款迎面

之后的花海

潮涌般向远岸推送

你在黎明前写完了那首歌

谁都无法藏起时光

尽管没人这样对你说

你已修剪好枯枝

梳理好月色

你的底稿上

已经有了别样的初设

风无法探问

云也只能路过

再轻的多余

都将无以着落

因为你

已不是昨天的我

2022-3-4

下一个颜色

颜色一旦正经

还能有多少选择

幸而春没那么固执

夏没那么笨拙

而颠覆混淆出的那个色彩王国

让这个世界有了无尽的痴迷

让眼睛送给心

一重重一片片新鲜揣测

连同梦，都有了

期盼中的惊艳

那又是什么颜色呢

在所有揭晓之前

焦虑与兴奋狠狠套牢你我

收获

自己的秋在即

谁都会进入有色盘点的程序

从轰轰烈烈中找出独属的数据

用以尾声辉煌而恬憩的按语

尽管几句酒歌

尽管几捧瓜果桃李

这夕阳下隆重的时刻呵

一生的激情告白都倾在这里

往返

我沿着踩过的路折返

那路已生满腐苔

把曾经执意刻下的生动

——覆盖

风已走得很远

干爽时节不再

如果湿滑是一种风险

何必固执于老路徘徊

残塘

秋正从容别去

思念疯长的黄昏里

失魂的苇群

不再逐风寻觅

干枯的欲念

深深扎进迂腐的泥

活着从来就是一份不甘

无须拯救的才叫生生不息

这一塘凄凉

从不相信自己失意

复想

这一刹那

料峭春风闪翻过往

指着某年某时

让我复想

石头与花

伞与尘烟　还有

那些旦旦承诺的字样

是怎样留在模糊的远方

防不住的

二月

再次敲开我的窗

放进冰冷，也放进

冰冷后的遥想

一些犹豫开始交错

很多时候都是糊涂与悔混合

小心间的一个不小心

那团混合物嵌入恍惚触痛旧伤

很多很多事，开始

在这缺斤少两的二月膨胀

颐养告别

在做告别之际

开一垄麦田吧

直接种下关于生息

去寻觅去相遇祖先

那些老穗颗粒饱满

炙热的浆脉蓬蓬鼓胀

什么样的空袋子

装得完如此丰腴

如若心正饥饿

就此垦一垄新思苗吧

泪，刚好润春

伞的作用

一朵阴云遮盖另一朵时

天空多了一重沉重

我顶撑着这片骤暗，剩下的是

暴雨如注

一种暗算与另一种暗算常常结盟

防线总是不够

痛快暴淋一场又怎样？

往往拼了命找了伞

那里已是

雨过天晴

2022-2-22

新缘

大寒——这寒夜最后一滴冷泪

凝止在春已放出信息这天

之后，暖息会擦拭好黎明

让那些寒珠滚落活水

待一池涟漪划动新消息

远远近近陆续会有一尾鱼一朵莲

真正盼望的是谁能导演一些意外惊喜

假如有一部另类剧本

我愿做哪怕是最蹩脚的演员

哭

婴儿的哭
自己哭，哭自己
饥寒明暗中
哭得酣畅
哭得得意

我的哭
谁在哭，哭着谁
喜怒哀乐中
哭不出哭的能力
哭不出哭的真理

哭在哭
自从有了记忆
哭已经很认真
哭已经很无以
只因哭也有了上帝

缺口

不是我认定的完整

却是另一个圆

不是我认定的周长

却是另一个圈

尽管我不停增减各类数据

都无法完成那个运算

再次相遇下弦月时

答案无比完整

心是有缺口的

而那缺失

永远无法计量

又何必难为自己

偏要一个什么圆圈

看戏

风清洗乌云那天
收好的翅膀都在密林避险
该留的留了，该散的散
摇摆完的枝头一如从前

一场好戏我记住了什么
编剧早已分好青脸红脸
可枕上我还在想
要不要同意那些表演

2022-6-1

我去了哪里

梨花似雪的那期，
天地柔润萌情入韵，
笑靥里的春已吻香悸动的心，
那时，我不在这里。

晓风问月的那阕，
皎光穿柳寻花索趣，
夜色下的曼妙已渍染寂寥的心，
那时，我不在这里。

香野涌歌的那晨，
流金淌灿欢满屋宇，
沉睡中的甜梦已抚安疑惑的心，
那时，我不在这里。

冰封凌劫的那段，

茫路沌途月没星稀，

苦辙中的启明已挑亮幽暗的心，

那时，我不在这里。

我去了哪里，

究竟去了哪里。

……

……

鉴别

花的贵贱由形色决定

晨，把娇朵们吻醒

夜，一再再让它重温旧梦

夏花越萌越美

眼睛，都是夏日

即行即减的行走

夏天的日子总像多了一些思绪
叶子与鸟聊起更多无由碎语
我也想在荫凉里
补充爽朗时间

风的理性变得温柔时
让人眷恋起徐徐过往
海滩飘落的那条黄丝巾
湿漉漉地需要晒太阳

我湿透的昨日已晒过
在街头，在窗口
在许多晴朗的天空下
可干湿却不知

不只春风才有得意
假如行走是即行即减运动
无论附着的一切还是我
都不必为负重担忧

词

谁把真挚拼成词，

那欲望呢？

流放呢？

又为什么有窃喜、狂放。

重要的是怎样才能找到

拼词机密

我也想上手，让满街

跑起更多生鲜词句

一点自信

虽然冒险在一堆文字下签了名

但不承认那是我的作品

因为从不相信那些悲凉冰冷的字迹

流自我的笔芯

我从冬走来

向暖取真

正以我孤独疲惫的足

踏上冻土　因为

我知道哪里藏着早春

悦音

只几个简单的音符

静夏开始悠扬

那单色单音

与蝉鸣　与柳吟

互述千年过往

芦笛的忧思长

那长韵也只五个音阶

却已足够宵宵断肠

口弦的呼唤短

这短句只一行旋律

就惹好岸边那心仪的姑娘

这些浅淡通透的心曲

无须沸沸扬扬罗列满篇的配器

夜有多宁静音有多透亮

倾一湖爱恋

每一滴　都

莞尔撒在驿动的心上

当我逃离金属铿锵的剧场

回到夏风洗完的静夜

听一段丝质的旋律

几个懂我的音在低询

我悄然回复　此刻

心头满满的爱开始鼓胀

美泽

我深信泥土始终藏匿着

花儿们俏美的因果

淡有淡韵

浓有浓奢

花儿永远在美赏中微笑

泥土永远在花下缄默

花儿想开就开

想落就落

泥土任吮即吮

任索即索

这匍匐在天下最低处

承受践踏背负卑微　又

被冠以土色后

泥必土色

可这朽颜早已把赤橙黄绿青蓝紫

在深沉的胸怀综合

由花儿随意抽取

因为　任何一种

都是泥土灵魂的色泽

晨聊

你说，哭完笑完

雨，它停了

我说，风中雨中

天，它应变

我们都说

做不了谁的主

也不由谁做

就在春分这天

时间由绿开始缤纷

我们把梦送回闰期闰愿

用清纯得体的微笑

重新设计一个从前

2022-3-20

走一程

你与你纠缠时

我与我错乱

不止昨日，不止今天

不止揣测或此后经年

早春的风已暖

我不带行囊

只带了风雨莫测的警示

走一程

能多远就多远

残花

一定要在此刻时分
让微笑绽开在阳光中

一点点朽尘上
几朵细碎娇艳的小黄花
随细瘦摇曳的花茎
探出铁板缝

我来不及感动
那匆忙的铁板抽身得极无情
遗下这弯垂的笑靥
沉默而无声

但我知道
那笑虽挣扎
却笑了
一生

离合

从暮色隆重隐退

到微曦再露锋芒

期间那道白月光呵

万千年集结了多少忧伤

这冷凝又无痕的牵连

让夜，永无止境地

承负着离合的两厢

2021-11-11

形 影

阳光是随形的印章
或工整或散乱落下一个个创念
我坐在窗前
得一方温暖

随后屋檐下打出一个锐角
黄昏在地上写生
那个有形的屋角
在落霞中有模有样地还原

后来，很久很久阴雨连绵
屋角狼狈地无奈低泣
连同满屋空寂
都在叹憾阳光印章的从前

欲望

醒在一束光撩开梦的早上

以浪漫过昨日的眼睛

揣测窗纱后的世界

一点朦胧，一点彷徨

低矮的二月暗自凄清

草都不再思想时

黄鹂却不肯收敛唱腔

我竭力滞情在寂影里

不再为任何事动容

可那些高低声又打开我的窗

戒不掉生存时

春秋欲望依旧满世界流淌

……

四辑

上课

上课

我知道您没走远，

昨天上的这一课与弹挑轮指无关，

可弦上却起了响音，

在演奏与谢幕之间。

您说先弄明白高低长短，

再弄清楚坐着与站着的定力关键。

弹什么不重要，

重要的是不是真弹。

天下耳朵，

不会为琵琶独留一个频道。

可弦中的心跳，

永远自谱指力深浅。

我不肯定是否领略了这些课语，

怦怦的心，已回到抱琴的从前……

——清明祭吾师刘德海先生，沉笔于醒梦时分

2022-4-5

自取

密密麻麻的版图上

跳出一个陌生地

一种似曾相识的味道徐徐飘来

想不起忘不去

这无关乎渊源

更不确定与我的关系

昨天起开始翻山越岭

邻人和导航都帮不上什么

可我偏幼稚地奔往一片湿地

去取一段仍别致的青春期

2022-5-27

安

准备好一个早上

与云一起

流浪天际

那里没有谎言

积雪之厚，蝉翼之薄

聚散无戒

风参与之前

大地读了所有画面

而我，每一寸感知的熟泥

生出了随意之花，且

逐形而安

2022-6-30

固执

春阳固执地回到与花儿相拥的地方

一瓣一瓣剥开那娇朵

又看它们一瓣瓣散落泥上　　那时

风常来嗅芬芳

可那狂热在老情场放浪后

一遍遍叩问花儿残碎的朽裳

要以几重温情

才可换回芳菲以往

阳光仍然在

在与花儿曾经相拥的地方

固执……固执地

固执

2022-4-8

时控

手边的这一刻

已很紧很紧地握住

窗上探情的俏枝

天边始散的云　还有

蜂翼的颤音　用这些

去贴合旧唱碟里流淌的那支

老不下去的歌　还有

还有仰头让阳光

在额上不停刻下新学说

这一寸光阴

已让我和我的时空饱和

如此　没有其它任何

任何其它

已远我

黑暗

闭上眼睛的黑暗与

睁开眼睛的黑暗

在心底

各自描摹出不同画幅

你闪去的身影

切开寂暗

在夜，留一袭

永不合拢的疤

那切口，镶嵌在我

夜夜的梦

眼前的寂暗

是深刻的底色，即使

深无洞见，也是

有序之色选

因为，瞳光与黎明

将在此碰撞出崭新的一天

我提示了梦

不必再飞落封闭的黑暗

定义

水　不仅它自己在流

风　不仅它自己在走

我　却是自己去寻一个尽头

结果

如果说黑夜是用来沉默的

那我喜欢黑夜

过去不曾喜欢

那是过去的错

我已用现在纠正

把现在埋没在沉默中

培育一颗，不再苍白

却也不占你心田的硕果

最美

春的天下

花儿争相出嫁

四月没了主张

永远欲寻世上最美的新娘

聪明时

夜锁定了一些时光

窗口，孤灯挣扎

常堆积起厚重的冥想

可星星，却期待天不再亮

地极之处自有明灭的理由

希望之神把一切交给早上

我何不以梦去交换

秋凉中仍有果香

置信

带着透视山林的眼睛

鸟群穿越整片密林寻觅新生场

我却永远无法看清

叶子的导向

在深秋

在洗净天空的早上

密林那端

鸟儿的消息

已让落晖警惕

一个寒夜正匆匆赶往这里

可我仍不相信

这满眼的绿会决绝速黄

无词歌

倏忽而来的暮歌

在林间飘落

我拾起一段停顿

补入昨日的忽略与错过

打了补丁的旋律好像依然动听

只是，没了那段风赠送的顺耳音波

信托

不知过了多久

在这个没有时间的时刻

我信托了

未经估值的心

寄希望于不要打折

无论上帝还是操盘客

因为我知道

我默祈的回报标的——

一个紧贴我背影的眼神

足矣

2022-4-14

这时的清醒

一个月亮

足以做夜灯

那里不需要太光明

云朵愿意认真的朦胧

海收藏的模糊更纯净

我多想告诉你

不必提纯过往的每一分钟

那些混沌正是为清醒做了曾经

情话都是闲说

比闲话闲透了的是情话

想来想去有哪句重过生命

却要赌命去换那些缥缈话茬

没有盐糖却浓郁得无法化开

没有标点却字字由心出肺发

想不起哪句比办公室更认真

记不得哪次比客言更通达

如果放下常情常理

之里之外的一切

又都好像

须认真

藏入

私

匣

2022-4-20

性格性情来源

时间在卖情绪

往往在卖早上的清爽

午时的劳烦

晚场的焦躁

于是很多人统一了模样　但

终有一些根本不买账的

让这个世界有点甜有点咸

有点慌张

种花

满院子撒完希冀

哦，与三月寻好契机

无声细雨时

早已告诫自己

不可以荒芜每一寸属地

包括，落寞的一隅

虽然，虽然早已领略过那些繁花

无论在梦

还是曾经怒放的心底

音乐疗愈

上课了

说有疗愈之果

我坚信音乐的神秘

乐疗师键上的那些碧水淡波

舒郁清燥安梦

此刻，那些自纺的哀网

不再纠缠

下课了

愉悦通胀，暗合星光闪烁

我准备好一帘幽梦睡去

梦途，那些私制的忧绪

转调变频，仍回

离伤原路

我为什么那么容易相信悲调

世上愉悦的音阶

真的难与我交好吗？

2022-4-7

撩想

云慢慢　消失在瞬间

风慢慢匆促擦肩

我的亲人们　慢慢

走得那么突然

空空的远天

有那么多那么多

无尽牵念

我慢慢走去

一一收捡

尽处　一定是

突如的

相聚那天

2022-6-28

我是谁

我寻不到牧人

只寻到了他的鞭子，和那

鞭下的羊群

那羊儿啃着牧歌，咩着牧歌

一声声是那样用心

这长调句句如此熟悉

……倏然想起

我，正是它们牧人鞭下的备份

静中

颏自香馨颏自开
与优雅同在
有了这个新鲜绽放
何必一定花海

那朵做了花的花
三月四月
乱了芳菲心怀
可风，正那时来

那朵做不了花的花
稚蕾枯蕾
堕入遗梦思海
而那风，已不再来

这个悄然的早上
我看到了夏日凝神的姿态

看见

尽头

道路与天空相拥

我匆匆赶赴

一个兴会之境

日落前

经常飘来逆耳的风

可谁会不相信地道的风景线

一程程奔波，抛下了

该采未采的风景

由此，不再期待遥远

风说，遥远

远不如低头的眼前

讨债

根本无心再去
追逐走远了的旧日
那天，虽然留下了不少思念

就此，如凿了一眼债泉
让那永无止息的追涌
打湿这一生的衣衫

在路上

总想歇息

可行囊装满卸不去的向往

于是，我丢弃所有背负

可两足却失控般开始张狂

终于弄懂是路的错

那些无限生长的诱惑

让一生永远在路上

烧情的花

仲夏

我呆呆守着一株

烧情的鲁冰花

看那紫色细碎的独梗花

举起长长的翘望

向一棵饱情的茶树

慢吐朝夕冥想

不如不让我知道

有一种不公平的生像

花开花谢

只为陪伴另一味馨香

真的吗？鲁冰花

茶熟了

新绿间，我听见

鲁冰花仍然暖语歌唱

说鲁冰花生长在茶树下专供养分，死后花叶落土化肥而滋树。

为此说而叹，即留笔。

2022-5-6

过得去的过去

我不出门

阳光也没出去

我依着它的温情

坐在静墙一隅暖着思绪

我在想

想也在想

柔软的思绪终理出我的真理

这世上再狠的冬又怎样

凛冽的风永远穷追不舍

可地上，满是

过得去的过去

风快来了

你　在云上

我　在云下

再三滴滴答答

一首通透的歌

诱痴春与夏

草心花魂瞬间迷乱

纷繁世界在七色中复杂

可我一直醒着

被你湿得太久

我知道

吹干我的风

快来了

坚毅

你的海是那么的遥远

风与我都想变成帆

与飘忽的昼夜奔波

随月光和霞光，滑翔

慷慨的波澜

一个对自己撒了谎的人不可耻

只要别去捡拾别人的谎言

坐标休克那天

时间沉默

而意外的是

我突然学会了检索方位

虽然

你的海是那么的遥远

2005-4-15

2022-12 修改

借得的

最悲哀的是我刚借得快乐

不及使用又被讨了回去

飘忽着夏风的小路

缠着我刚刚放慢的脚步

星星点点的野花群

顺风编舞

左右东西弯垂转向

找不出哪一株顽固独出

这舞蹈自古就叫顺风欢

可我执拗个色，偏不懂个中路数

如此，这快乐借得借不得

都易得罪快乐本主

傻瓜与骗子

骗子终于骗完我了，又去骗别人
我一无所有地安了心
总之，得了清空的福
无须再备一份格外谨慎
但希望我之后傻瓜递减
别再三五成群
还可以再提供点真知
亲见骗术成真时
我发现了脑洞与脑洞
差值的尺寸

我一无所有地安了心
骗子终于骗完我了，又去骗别人
想提点警词，可我不知道谁是别人
只能，默行默忍

走

谁聘你做了我的导游

月光低语时

银色的路已洒满孤愁

不知夜深叠几重

欲念不休，只留得一个

走

你的影子无限放大着版图

且混沌了每个路口

无论我何时醒来

都逃不出这条线路

逃不脱这

走

你渴

泥说它渴
懂的说，那是雨错
鱼说它渴
懂的说，那是水错
水说它渴
懂的说，那是天错

你说你渴
懂的不说，说的都错
那一掬疗枯的流质
不在雨，不在水，不在天

你渴
渴你
只你懂得

2022-8-17

回归

我在你的回忆里回忆你
你在我的忘却中忘却我
谢天谢地
原型已回归自己

水性

下雨了

雨的道德是尽量不打湿无伞人

所以滴滴答答先广告

虽然它的本性是要水了一切

但你可以躲可以跑

可以避去暴浇

但那种叫口水的物质

秒起，你便无生机

快乐的含金量

快乐今天何止为今天

是为终有一日集结快乐之合

别让回忆的囚笼淡漠

那时，快乐上市

金不换

枉费

走在秋的枯叶上

枯叶恼怒翻卷

我捂紧藏在口袋里的　那个

正在蓄情的春天

快速穿越朽碎的这段

贝多芬把听不见的烦恼

撒向他的身后

琴键明白地在金色的田野上

隆重的松涛上

冷静的月光上

轻叹的薄云上

——解读岁月的向晚

其实，我枉费苦心

春，让谁忧虑过一去不返

2022-5-20

寒意

一切都发生在垂直的瞬间

宁静小街的一隅

湛蓝将落未落时

乌云与枯叶开始对话

以屋脊上的薄霜为题

热烈而冷寂

又是一个猜不透的清晨

风向标倾倒在昨夜

温热过长椅的那对背影

比诗更朦胧

一切都掩不过大寒的呐喊

一切，将在这里尘封

五辑

私
有
的

私有的

睡不着不是我不睡觉

是觉不让我睡

夜不私我

但我有私夜

尽情着我的梦

做人时不必与人同做，是的

不必同做，不必了

私自做出的更像人

君子慎独，独慎更君子

我想看一个私自的你

绝于满街样子不同的

我的你

2022-5-17

那句话

那句话曾在你我的空间漂浮
我的场上洒满春露
所有的余音都清脆反弹
雨中，我认可了听清楚

那时，堕入一团缠绵
听懂听不懂的都是童话
那些各种对我说
卷终才明白还有各种标注

这一世的渡口
无须再有挥别
留下一句空白足以销魂
无船也撑千百渡
彼岸有彼岸的远梦
此岸有此岸的朝暮

2022-2-3

谁是主人

时间是突如的访客
其来　没人陪得起

晨风一次次同随
夕霞一次次同归

我欢不欢迎它们都可反客为主
而欢不欢送亦都可稳坐尊位

我知道终是一切都要让给它
但承让前会把属于我的仔细梳理一回

譬如　与我相拥的阳光
与我相依的灯辉

还有
从未怀疑过的明日欣慰

没读到的诗

喧嚣够了，白昼

停靠在夜的港湾

随处的静已结晶

再加不进一丝慌乱

包括用过的情绪，凝固后

镶嵌在幽光里做了装点

偷眨眼的星做了一个闪亮的表情

虫们都不愿领衔冲破黑暗

连思想都懒得越界

还有什么不卷曲在五月大潮前

静寂的这晚

终于到了金句时间

夜深沉，大地

正组合人类梦里梦外的诗篇

怎舍得睡去呵

这样的时刻，一眠憾千年

可我，偏就没出息地

无梦又睁不开眼

樱花四月

芬芳泛滥时
花天花地花正花

花雨凌乱时
香瓣纷飞默许了另一天涯

镜头再拾不到真切
昨夜，枝头向风抖尽真情

那时你说
樱的时节一如饱情的家

又入暖日
我的四月正说痴话

花眼

所有的花都有自己的姿态

招惹来的目光长长短短

香馨与颜色都不肯作古

各自坚守家族遗传

所以每双眼睛

都不需要复习分辨花草

但往往，看花

看花了眼

作别

一朵闲云飘来作别

我没有回应

自别过风，别过雨

别过不别而别，别而不别的

那些又那些

再厚重再悲悯的什么

都不再伤到转身的瞬间，或

培育一个泪目的夜

初萌的草尖

枯萎在刚刚俯身的夏

连吻别都不及相约

就要深深地忘却

但这里从不演绎缺憾

素草族，一如既往地

愉悦在永生的行列

路过

花开的时候

就这样匆匆路过

带刺的芬芳留在心上

落雨的时候

就这样匆匆路过

湿透的记忆依然寒凉

月圆的时候

又何尝不是如此匆匆

路过欢声带去拂袖迷惘

一生的路过

折叠在岁月里缠绕

随荡的心

并不清楚这交错的纵横

2005-4-14

2022-7-11 修改

雪衷

一场漫天纷飞中

我看见

无尽飘零的你　随着风

脱离那份沉重后

在灰色空间结晶

无悔地选择了舞之列

以你最纤细的追索

塑出凌空之轻盈

远方是唯一的向往

飘　是心衷

你本可以投怀

田野　阔林

大河　山峰

但你　不愿落定一处

来这个世界

只以飘的美丽行为

以消失的形式

成就自由的一生

石烂

一块由坍塌而滚落的岩石子

述说起曾经沙粒的以往

闪烁过的金泽

已在石中沧桑

承载过了信誓旦旦

那铿锵　那凄美

真不敢去烂

哦　那石

时间太滑　谁都捧不住

我听到我的那块开始叹息

一种温婉　一种秀丽

十足的

爱的模样

寻找

待到寻找时，我早已离开

风在吹过的地方

忘记留情

熟悉的所有

被一一剪裁，连同

曾经的欢，曾经的痛

谁又能丢弃十二月

尽管那是一份安排好的冰冷

可雪花正在那时飞舞

思绪取暖后也正沸腾

还是那个风口

褶皱的故事不再呼号

像最后飘去的那片叶子

带去一个完整的秋

总是

总是的

记忆的线索

在清晰与模糊间徘徊

待到寻找时

我早已离开

2022-8-28

立夏了？

我正犹豫

却见你蓦然转身

这里，惊现

再一个夏天

无论怎样

一场无以揣测的颜色烂漫

自今日上演

匆匆的花开，扑扑的香阵

以快板节奏

拉开私奔这段

无以遮蔽的眼睛

都将目睹

香缘，香秀，香艳

最清素的眸

可有不染？而谁又能

让这色诱

从视线散淡

……

启明

为了每一个清晨

是时候，那颗星

已然跃出黑瀑布

向东方申请一份光明，之后

匆匆以隐退告终

璀璨的昨夜

交辉着潮涌般的热望

每一颗晶体，都在

浩瀚的交响中沸腾

夜，从不寂寞

比白昼更丰满的是低频的清醒

如那颗神灵般的启明星

永远指挥，一场场

时光轮回与新生

定义

我用太阳的光芒丈量大地

也收藏每一寸辉煌

青春熟透时

那灿灿刚好成金

足赤

刚好入了记忆

那时，春天多过秋天

花儿不需要开在草地

雨滴从不打在伞上

雪花毫无寒意

生命，不由

时光钟定义

时光的外一首，是我的

胆识与固执

日界线从未随张狂梦

无限遥远

风吹走来不及谋变的四季
此刻，夜幕低垂暮歌正欢

一生的悲喜并不多
长水不尽逝者如斯
只是，自淘的金石
算不算正果

2022-6-9

温哥华

知道不知道

风，不会负责吹散的昨天

夜，经常告知黑暗有长有短

这一切只有流水清楚

世上有没有永远和

从前

你的昨天只有你知道

别人的就让别人操劳吧

以前只有以前知道

永远

知道永远

伴侣

我是谁？

我经常想

你，从不会

这只松鼠从不祈祷或感恩

自咬碎果实那天起

比粒粒香仁更自信，它

就是它的伴侣

可我，为什么要请求你来

占一半名分

一起表演

松鼠与

果仁

一群纯粉细朵的歌

最细腻的生活

正在最粗犷的野场发生

密林里，那截有形的朽腐上

一群纯粉细朵在歌唱

老冷杉留下了艳魂

死去的只是三百年前的挣扎

这场复活没有教堂钟声的洗礼

依然应允了死不去的渴求

明春落来生根的又是谁

我会再来探望这截朽腐，仿佛探望

永不幻灭的自己

多思多想

当早上更早的时候

晚上也更晚

天地间抻长了空白中的空白

一了风情万种的各色欲望

还给自己起了好听的名字

夏至

至所有时节尊尊礼让

这一天最任性

这一时最放肆

必须长与必须短必须较量

昼与夜

各有各的痴心妄想

秘密

秋的失落

全部跌入冬撑开的口袋

风，任何时候都不缺席

常常重复幸灾乐祸

疼痛的枯黄在喘息中寻找终处

哪怕一片叶子几寸根须

它们是真行家，都懂

放弃与重生的秘密

在乎的

我很在乎的那场雨

盛开了我在乎的花

满处的飞溅，通透而潇洒

天空依然知性

乌云上有我遥想的图案

谷底，溪流，街心，和

我的脸上

那花绽出夏天的深刻

整个世界都在成长

感恩的泪

也一样绽开这样的花

好想

越深越简

越美越淡

我好想做一名画师

用我能支配的这支笔

描摹出第一幅也是唯一的

我可以署名的画卷

日落

想不到的一个傍晚就这样落下

暮色里最激情的颜色来了

晴好的天边

浓缩着成熟的热忱

光，正以独属的形式

在我眼里做起弥撒

那喷发的虔诚

护佑着黑暗降临前的

每一分钟

我肯定地迎向这璀璨

宁愿灼伤双眼

也要把心底那个梦

兑燃

古往今来

唐风宋雨——飘过的山涧

依然清新如洗

抱娘蒿淡淡的花蕊

顶着馨香待人

追来的却是着了凉的新闻

股票又跌落谷底

那十字科碎叶植当然不懂

这大片大片的油绿

让人心悸

屏蔽流量的早上

你来吹笛

风飘律吕相和切

怎又不是这日悠曲

何必在乎

流金的街宇

理所当然

再美丽的痛苦终是痛苦
落蒂的果实留下成熟的疤
枝不语
只默默痛

石滚落时山也痛
它的孩子走了
竟无法送行
须挺着，一次次不幸

日子走时从不招呼
留下的欠条很不像话
所有一切都要由我偿清
我痛，却无处申述

冰

杯里装的绝对是水

通透，却无法吸吮

更不存在一饮而尽

我无端地端着

这独属我的

凝固物

我渴，却失饮

只能在更苍白的时间里

默读这杯

写好名字的水

震后效应

山大笑后
只能沉默在最低处
任风刮剿

草儿随意笑
东倒西歪地
亲和泥

伟大写在高处与底部时
我投谁一票
秋光，给了我主见

进步

黑不过墨的夜却一定要黑着

墨黑们一起对抗光

那一座座骄峰

一片片傲土，和

几个新旧名字

正穿过这片混沌

继续寻生

可夜还在较量

我相信有比墨更深的黑色名堂

但无论它们怎样一起调制

都无法挡住那束有成色的光

纯情

花儿盛开的那刻

一场惊艳的死亡开始酝酿

美丽疼痛着

以芬芳呐喊

一种欲望开始泛滥

谁不嗅香

可每朵花儿缤纷的灵魂呵

仍与多情的夏夜逢迎

它们不懂

也不想懂

那是怎样的

毁灭与绽放

照无眠

月下

枕花开了

与夜争妍

又做了花上人，就此

叹息着被玩弄的这些日子

只有痴呆情愿奉陪　那些

失控时分，此刻

除了空白

什么都不再发生

撒气

随意摇动一切的

院子里的，散乱的风

多像我丢了根脑线那天

翻脸东西，怒目南北

可有谁还会来问津

靠着老榆树而愤愤然的我

这运势远不及风

它们泄私愤

总有去处

我呢

能去哪儿踢个馆也好啊

叩门

门，呆呆地呆着

从不问惹它发声的是谁

劳您着手轻重缓急地盘问

它最喜句句上节奏

声声婉而巧律

你问，它答

听懂听不懂都不是它的事

它只管回应

玩法

天地这么大

各玩各的世界

紫云烟

犹犹豫豫地叹息又升腾

一场春雨来去坦然

冰花开好了又哭着跑去

金麦穗不屑面包笑痴了的脸

掌心上通了一条幸运之路　车

却永远不到山前

祖母绿的草原上

快乐羔羊涌向天边

我准备玩什么呢

谁又肯带我玩

不朽台词

多少幕多少场都已经过去

说过的一再再复说

示意的一再再示意

谁的时间都不富裕

可为什么都不反对

等待戈多

雪记

没有雪的日子

剪碎寂静扬洒出一个飞舞

与你同路

有了雪的时刻

踏碎思念逢迎万千飘忽

掩我孤独

雪来

厚施的不止冻壤

还有我凹陷的心谷

雪霁

薄去的是自溶

一切终结于温度

我重新整理出一份寂静

在大雪纷飞途中

淡定做完眼前评估

昨日一幕

这是一条秋已挥别的小路
满满的眷恋在黄昏追逐
争相的枯叶重重叠叠
天涯是何处

我拾起一片慢行的叶子
想把这卷曲的一生看清楚
霜天萧瑟
夜正落幕

失守

门上的密码

歌唱后便开启一个领地

私藏了一些岁月

封存着喜怒哀乐和有偿蜜意

落雪那日，阴霾欲坠几近塌方

荒寒注满凄凄一隅

所有关于晴空的记忆，就此

失温，零落，碎片化

风越来越紧

雪越下越大

那组散魂的神圣密码

快速失却捍卫家的一身技法

2022-1-12

窗上月光

悠远后的悠远

缠绵里的缠绵

每一声叹都是混沌昨天

每一声怨都是丢失的从前

千年幽月从未泄过收藏的故事

可那无尽的哀歌

随如水的银光

汩汩……汩汩

……

六辑

读木心

读木心

他走不走都一样
来不来却不同
他的钥匙旧得那么好看
打开的锁不止一把
昨天去找他，他在
我知道，今天明天他都在
他慷慨送了我诗，何止我
天下人都送了
不知别人有没有时间读
我有，且用我的时间
一直读

2022-6-23

高度

仰视过，翻爬过
匍匐过的那些清晨
婴儿的目光
洗礼了刚刚发芽的日子
花，开在了
升腾的暖中

当风推出无痕天地
翅膀正在抖动
宇空里，梦
即将醒来
天空给了我一个尺度
引我堪设人生
当我懂得距离时
婴儿的目光，让我回到从容

除了高度，还有什么恐惧
除了恐惧，还有什么战栗
此刻，我倾尽所有
抛上天空

如果

花的遗嘱并不一定留给果子

泥上的春天

很多希望开始绚烂

季候里的诗如花

每一朵都新鲜

如果　或

没有如果

只花　又

何憾

2022-7-7

完全

以我的麻木试了一下生活

痛与楚都在

唯独没了感应

谢绝风的探问后

也谢绝了雨的怜悯

春与秋一次次的留言

我都知道

复语已在月光里

另一种感应已激活

怎又不是一种

完全

初

初恋喂不饱爱情

如同，婴儿的初餐

辅食，只辅一会儿时间

食，被丢弃很远

或许忘不掉的是味道

或许，味道也苍白消然

树的孩子不吃辅食

泥土是初恋

爱，是永远

节奏

这一组节奏

敲在心波弹跳中间　又

切分了一点

整场乐曲都如此发难

辛苦着每一条血管

如同夏潮奔赴劲秋

澎湃而散乱　却

无比兴奋而浪漫

无法修正的青春

如果没有这样一段

这世界　来不来

都是遗憾

失去后

失去生命时，爱依存，是身心的不幸

失去爱时，生命蒸蒸，是灵魂的不幸

无论我失去什么，都无须祭奠

因为，灵与肉都不属于我

2005-4-15

2022-7-11 修改

久远

枯叶醒来成了书签

闻到春的气息时

愈发兴奋了，薄片间

它看到了来生

绿中情人何止花

蜂嗔鸟鸣，星吻月拥

草木藏进岁月经络的梦

微贱而新鲜

我们谁

能如此草木一回

弦上现在时

这段老红木欣喜地发现

自己已成为琵琶　而不是

站墙的家具

几千年珠联璧合的雅韵

凝在弦上　蓄在曲中

缠绕春秋的时运

又绽荻花

柔指起

弄来香气

浔阳江头的浅漪上

低眉信手的　还是

那女

解不开的怀

愁绪几许

抹不去的忧

思泪几滴

恍惚间

弦魅惹我入了那夜痴迷

······

待回眸

摇滚着的吉它

不跟木头玩儿

金　石　火　电　光

惊爆了午夜时分

霹雳炸响　音波骇浪

扑涌得

很远

很······远

2022-7-13

黑夜

黑夜，漫步在太阳丢弃的废墟

以寻常寻找另一个寻常

寂黯并不是夜的颜色

梦，携去五彩

抛下混沌，让大地啃食

每一寸泥土都沉默在无眠之夜

每一丝感应都进入了膨胀时分

夜，在梦之外悄悄成长

深沉，正喂养一束

顷刻将启世的光芒

深浅明白

深深的爱

深深的恨

深深的忘记

到底哪一个更深

夜比昼深

可昼的明白

深过夜

2022-7-22

一点朦胧

有点犹豫的傍晚

递上影子让白昼最后一睥

这带点踟蹰的犹豫却让人痴迷

谁不知此一刻后

是夜的放纵

我安然入来

看好黄昏

只这袭朦胧

足够画好黑暗前的情境

抬头举目，倏然有了那种

青春遇见黎明的冲动

向远方

我屏住呼吸

看着笔一字字向远方走去

走向我无法抵达而独它们

享受未来时刻的那里

星月和灯都自顾自地幽暗

光在笔中启动了导航仪

黎明是有方向的

夜从不暴露藏匿的线索

你问我越夜后是否是光的无限极

然而　这恰是我正想开口的同一道题

盘算

盘算仔打烂了

啰唆又丢不掉的算盘

核着那张，永远

核不上又赖不掉的账单

主意更了一个又一个

灯火明灭一段再一段

那几个苍白的数字

永远不是心眼里埋下的那串

舍了，不情

从了，不甘

灰蒙蒙早上那天

梦，醒在

雨珠噼啪噼啪的

凌乱间

2022－8－18

话的古老

喝干净的水

说了干净话

一句是一句

声音一直没多大

柔风滤掉了杂质

声音开出一朵真理之花

它是朽了的

朽出了生动

就算不再开口

那回声

依然带着古老的表情

一遍遍循往在春夏秋冬

图书在版编目（CIP）数据

红枫树下诗歌集 / 萧纬著 . -- 北京 : 北京燕山出
版社 , 2023.5
ISBN 978-7-5402-6929-6

Ⅰ . ①红… Ⅱ . ①萧… Ⅲ . ①诗集－中国－当代
Ⅳ . ① I227

中国国家版本馆 CIP 数据核字 (2023) 第 086949 号

红枫树下诗歌集

作　　者：萧　纬

责任编辑：刘占凤　赵　琼

出版发行：北京燕山出版社有限公司

社　　址：北京市西城区椿树街道琉璃厂西街 20 号

邮　　编：100052

电话传真：86-10-65240430（总编室）

印　　刷：北京科信印刷有限公司

开　　本：787mm×1092mm　　1/32

字　　数：83 千字

印　　张：6.5

版　　次：2023 年 5 月第 1 版

印　　次：2023 年 5 月第 1 次印刷

书　　号：ISBN 978-7-5402-6929-6

定　　价：38.00 元